Construcciones duraderas

By Joanne Mattern

ROURKE
Educational Media
rourkeeducationalmedia.com

www.rourkeeducationalmedia.com

PHOTO CREDITS:
Front Cover: © Mirmoor; © Aginger, Back Cover: © halfshag; Title page © marema, beboy, Zacarias Pereira da Mata; Table of contents © lafoto; Page 4/5 © lafoto; Page 4 © Matt Trommer; Page 5 © RTimages, Darin Echelberger; Page 6/7 © marema; Page 7 © rob3000, Christopher Ewing; Page 8 © USGS; Page 9 © Alyssia Sheikh, beboy; Page 10/11 © Matt Trommer; Page 10 © Roypix; Page 11 © Igumnova Irina; Page 12/13 © FEMA; Page 12 © FEMA; Page 14/15 © Jerry Sharp; Page 15 © Kuttelvaserova, Stephen Finn; Page 16/17 © Gina Sanders; Page 17 © donross; Page 18 © Zacarias Pereira da Mata, Alyssia Sheikh; Page 19 © aarrows, U.S. Navy photo by Mass Communication Specialist 3rd Class Alexander Tidd; Page 20 © Nick Tzolov; Page 21 © NOAA; Page 22 © noaa; Page 23 © noaa; Page 24/25 © RTimages; Page 24 © Alyssia Sheikh; Page 26 © Gregor K ervina, Alyssia Sheikh; Page 27 © lafoto, NOAA; Page 28/29 © iBird; Page 29 © Anthro; Page 30 © iBird, USGS ; Page 31 © NOAA, R. Cherubin, Alyssia Sheikh; Page 33 © Christopher Tan Teck Hean, Alyssia Sheikh; Page 34 © Peter J. Wilson; Page 35 © Jim Parkin; Page 36/37 © Brian Weed; Page 36 © NASA; Page 38 © NOAA; Page 39 © Andy Z.; Page 40 © Alyssia Sheikh; Page 41 © Lisa F. Young, karamysh; Page 42 © arindambanerjee; Page 43 © Brad Wilkins, Path2k6; Page 44 © Leonard G.; Page 45 © David Hughes, Bill Bradley

Edited by Precious McKenzie

Cover design by Teri Intzegian
Layout: Blue Door Publishing, FL

Editorial/Production Services in Spanish
 by Cambridge BrickHouse, Inc.
 www.cambridgebh.com

Mattern, Joanne
 Construcciones duraderas / Joanne Mattern
(Exploremos la ciencia)
ISBN 978-1-62717-304-9 (soft cover - Spanish)
ISBN 978-1-62717-501-2 (e-Book - Spanish)
ISBN 978-1-61741-989-8 (soft cover - English)
ISBN 978-1-63155-072-0 (hard cover - Spanish)
Library of Congress Control Number: 2014941375

Printed in China, FOFO I - Production Company
 Shenzhen, Guangdong Province

rourkeeducationalmedia.com
customerservice@rourkeeducationalmedia.com • PO Box 643328 Vero Beach, Florida 32964

Contenido

CAPÍTULO UNO

¿Qué son las fuerzas naturales?

La naturaleza es generalmente tranquila y silenciosa. La mayoría de nosotros nos sentimos seguros en la Tierra. Sin embargo, la naturaleza a veces se sale de control. En ocasiones las fuerzas de la naturaleza dan rienda suelta a la destrucción del planeta que llamamos hogar. Las fuerzas que destruyen son las mismas que formaron nuestro planeta y que afectan nuestras vidas.

La Tierra está compuesta de varias capas. La superficie de la Tierra se llama **corteza**. Aunque la superficie de la Tierra se ve gruesa y fuerte, es muy delgada. La parte más gruesa de la corteza terrestre tiene solo unas 60 millas (97 kilómetros) de espesor.

El **manto** se encuentra bajo la superficie. El manto es una capa de roca derretida, o fundida. El **núcleo** está en el centro de la Tierra. El núcleo está hecho de metal y tiene unas 44,000 millas (70,811 kilómetros) de diámetro.

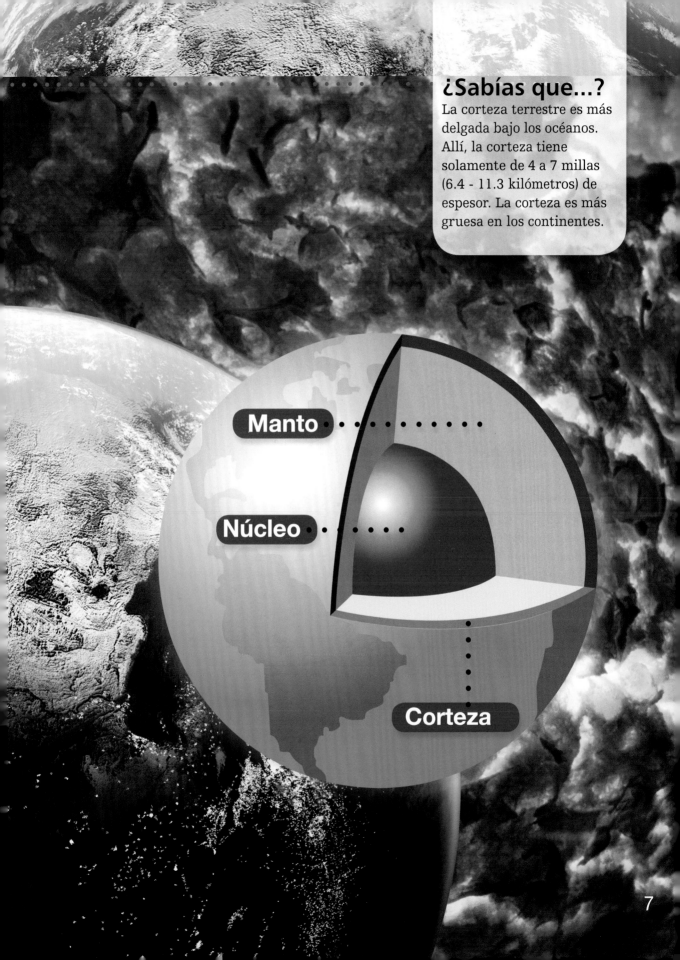

La corteza terrestre es más delgada bajo los océanos. Allí, la corteza tiene solamente de 4 a 7 millas (6.4 - 11.3 kilómetros) de espesor. La corteza es más gruesa en los continentes.

Manto

Núcleo

Corteza

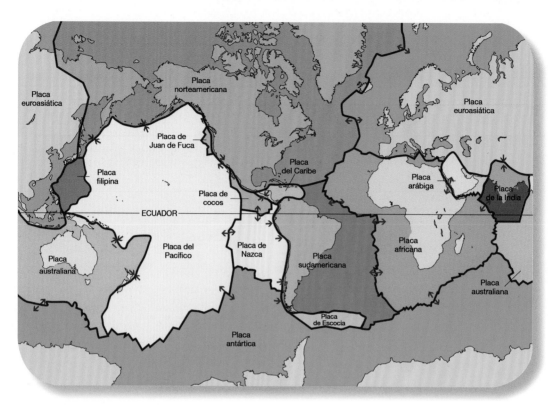

Este mapa muestra las placas de la superficie de la Tierra. Estas placas están en constante movimiento. Los bordes de estas placas, conocidos como límites de placas, son donde se producen acontecimientos geológicos tales como los terremotos. Los límites de las placas son también donde se originan accidentes geográficos de la Tierra tales como montañas, volcanes, cordilleras oceánicas y fosas.

La tierra bajo tus pies parece sólida, pero en realidad se está moviendo todo el tiempo. Este movimiento se produce porque la corteza terrestre y la capa externa del manto descansan sobre láminas planas llamadas **placas tectónicas**. Las placas se mueven en la parte superior del manto. Este movimiento es generalmente lento. Sin embargo, las placas se deslizan y chocan unas contra otras, causando terremotos.

A veces la roca fundida dentro de la Tierra escapa a la superficie a través de una grieta. Estas grietas son llamadas volcanes. La roca fundida, o lava, que fluye de un volcán puede destruir edificios.

CINTURÓN DE FUEGO

Asia

Estados Unidos de América

América del Sur

Australia

El clima que nos rodea puede tornarse violento en cualquier momento. El estado del tiempo se origina en la **atmósfera** terrestre. El aire que está sobre la Tierra siempre se mueve. Cuando el aire se mueve rápidamente, los vientos fuertes pueden dañar la Tierra.

La **precipitación** es otra parte del clima. La precipitación puede ocurrir en forma de lluvia, nieve, granizo o aguanieve. Las precipitaciones proveen de agua a la Tierra. Sin embargo, las lluvias fuertes pueden causar inundaciones y tormentas de nieve severas que pueden dañar propiedades.

¿Sabías que...?

Cuando los huracanes se aproximan a las zonas costeras bajas, se les aconseja a los residentes que evacuen hacia edificios fuertes que estén en el interior y en un terreno más alto. Los refugios contra huracanes son edificios que se utilizan para otros fines, como este estadio de fútbol en Nueva Orleans. Cuando el huracán Katrina azotó Louisiana, se convirtió en un refugio para muchos residentes.

12

Las fuerzas de la naturaleza se presentan de muchas formas. Sin embargo, la gente ha aprendido a adaptarse a estas fuerzas y a crear edificios y otras estructuras que pueden soportar los desastres. Estas estructuras fuertes nos permiten sobrevivir durante los desastres.

CAPÍTULO DOS

El poder del agua

El agua es una de las fuerzas más poderosas de la naturaleza. Generalmente, el agua es útil porque todos los seres vivos la necesitan. El poder del movimiento del agua también se utiliza para crear energía y hacer funcionar las máquinas.

Como todas las fuerzas de la naturaleza, el agua puede salirse de control y provocar daños. Cuando el agua está fuera de control, el resultado es una inundación. Una inundación se produce cuando el agua cubre un área que está generalmente seca.

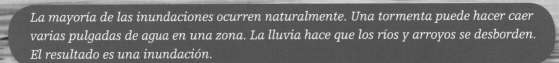

La mayoría de las inundaciones ocurren naturalmente. Una tormenta puede hacer caer varias pulgadas de agua en una zona. La lluvia hace que los ríos y arroyos se desborden. El resultado es una inundación.

14

PELIGRO
INUNDACIONES REPENTINAS

¿Sabías que...?

A veces la gente recibe una advertencia de que viene una inundación. Otras inundaciones, llamadas inundaciones repentinas, llegan tan rápido que no hay tiempo de advertir a la gente que evacuen el área.

Construyendo con inteligencia

Este dique es un terraplén artificial levantado para evitar que un río se desborde. El sistema de diques del río Mississippi se extiende más de 3,500 millas (5,600 kilómetros).

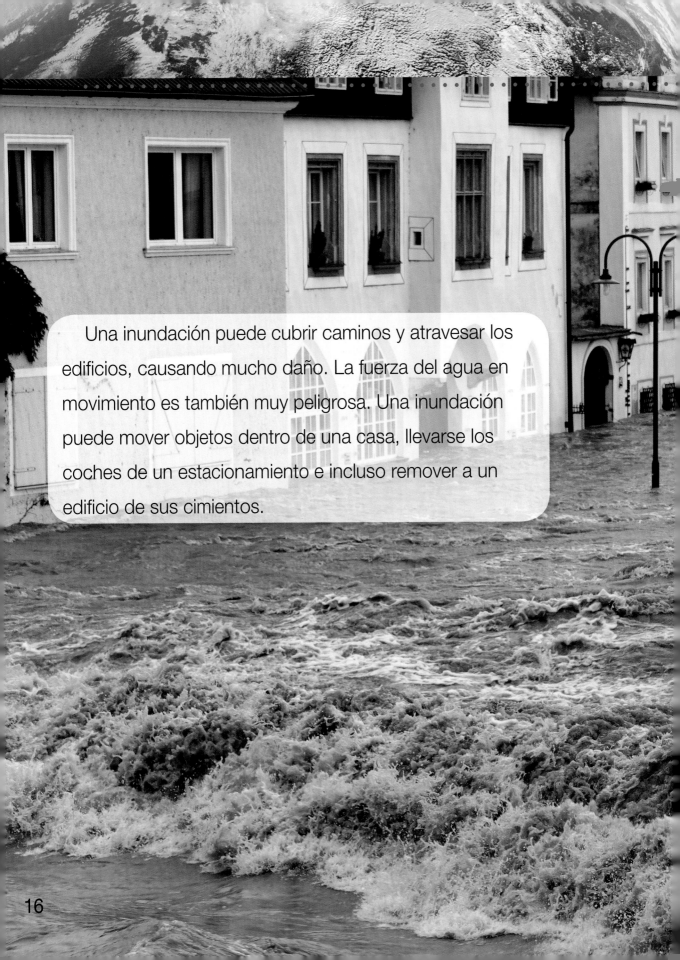

Una inundación puede cubrir caminos y atravesar los edificios, causando mucho daño. La fuerza del agua en movimiento es también muy peligrosa. Una inundación puede mover objetos dentro de una casa, llevarse los coches de un estacionamiento e incluso remover a un edificio de sus cimientos.

Construyendo con inteligencia

Los palafitos están construidos en las zonas costeras y otras zonas de inundación. Si levantamos las casas de 10 a 12 pies (3.5 – 4 metros) del suelo estarán más protegidas durante las inundaciones y los vientos fuertes.

Las inundaciones destructivas también pueden provenir del movimiento de las olas del océano. Un **tsunami** es una serie de olas gigantes del océano. Los tsunamis son más

comunes en el océano Pacífico. A menudo ocurren después de los terremotos o de erupciones volcánicas.

Los tsunamis son mortales porque se mueven muy rápido. Una ola de tsunami se desplaza hasta 600 millas (965 kilómetros) en una hora. Cuando las olas de alta velocidad llegan a aguas poco profundas cerca de la tierra, el agua se acumula formando una ola gigante que puede tener hasta 100 pies (30 metros) de alto. Cuando esta ola llega a tierra, inunda todo a su paso.

MAREA DE TORMENTA
17 pies

MAREA NORMAL
2 pies

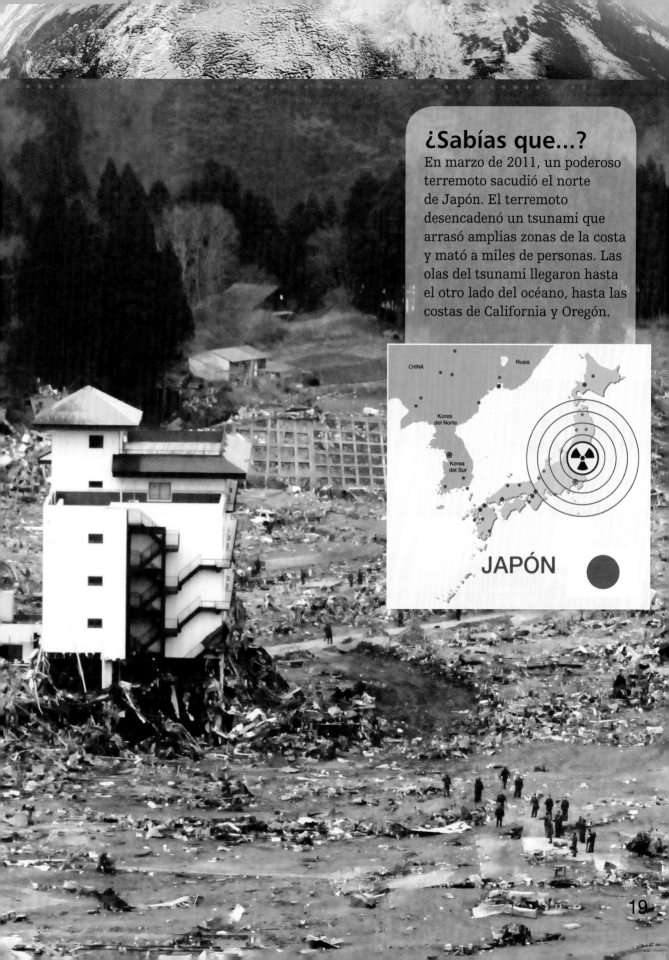

¿Sabías que...?

En marzo de 2011, un poderoso terremoto sacudió el norte de Japón. El terremoto desencadenó un tsunami que arrasó amplias zonas de la costa y mató a miles de personas. Las olas del tsunami llegaron hasta el otro lado del océano, hasta las costas de California y Oregón.

CHINA

Rusia

Korea
del Norte

Korea
del Sur

JAPÓN

CAPÍTULO TRES

Vientos huracanados

El viento también puede tener una fuerza poderosa. El viento es una parte esencial del clima porque mueve sistemas meteorológicos de una zona a otra. Este movimiento del aire es el viento.

Como el agua, el viento puede utilizarse para crear máquinas generadoras de energía. Sin embargo, demasiado viento puede causar destrucción. Los vientos huracanados pueden tumbar árboles, volar los techos de las casas y derribar líneas eléctricas.

Construyendo con inteligencia

Las cortinas anticiclónicas pueden encontrarse en las viviendas de las zonas costeras y otras áreas propensas a huracanes. Estas persianas protegen ventanas y puertas contra el viento y los escombros.

Nubes de tormenta grandes

Presión más baja

Las fotos satelitales nos ayudan a conseguir una visión clara del ojo de un huracán. El ojo, o centro de un huracán es el punto de calma. Los vientos y las lluvias cesan cuando pasa el ojo de la tormenta sobre la tierra. Pero cuidado, porque cuando el ojo se aleja, la tormenta comienza de nuevo.

Los **huracanes** son tormentas poderosas que combinan el viento con el agua. Un huracán es un área de baja **presión de aire** que se forma sobre el océano. Las nubes de tormenta giran alrededor de la zona de baja presión creando vientos huracanados y mucha lluvia. Los vientos de más de 80 millas (129 kilómetros) por hora forman olas enormes en el océano y causan mucho daño en la tierra.

Durante estas tormentas, un área de baja presión de aire hace que la superficie del océano se eleve. Cuando pasa un huracán sobre la tierra costera, el agua inunda la misma, provocando una **marejada**, o una inundación, que puede alcanzar varias millas.

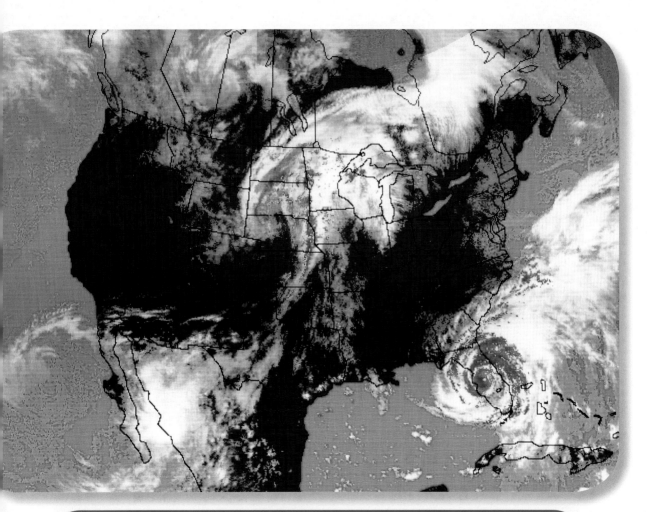

Los equipos meteorológicos rastrean un huracán porque solo un huracán puede afectar los niveles de inundación y las velocidades del viento por cientos de millas.

¿Sabías que...?

"Huracán" es el nombre de una tormenta tropical que se produce en el norte del océano Atlántico, el mar Caribe, el Golfo de México y el océano Pacífico noreste. El mismo tipo de tormenta se llama "tifón" en el océano Pacífico del noroeste. En el océano Índico y las aguas de Australia, estas tormentas se llaman "ciclones".

Los meteorólogos utilizan programas de computadora que calculan la temperatura del agua, la presión del aire y la velocidad del viento, para determinar la trayectoria de un huracán.

Los aviones usados para rastrear huracanes se llaman Cazadores de huracanes.

El agua congelada puede ser también una fuerza poderosa. Cuando las temperaturas bajan del punto de congelación (32° F, 0° C), la precipitación generalmente cae en forma de nieve en lugar de lluvia. Las nevadas pueden bloquear los caminos y son peligrosas para conducir o caminar. Muchas personas se han perdido y congelado hasta morir en las tormentas de nieve.

SISTEMA DE DERRETIMIENTO DE NIEVE

Construyendo con inteligencia

2 El agua calentada viaja por tuberías puestas debajo del pavimento y la acera, derritiendo el hielo y la nieve.

3 El sistema puede derretir aproximadamente una pulgada de nieve por hora a 15-20 °F (−9 a −6 °C). Las condiciones ventosas retardan el proceso.

1 El calor sobrante es generado en la central eléctrica y dirigido hacia el sistema de derretido.

4 Después que el agua se enfría se vierte en el lago Macatawa.

AGUA DEL LAGO

Palear la nieve de las aceras puede llegar a ser una cosa del pasado porque más y más gente está instalando sistemas de calefacción en las aceras, calzadas y estacionamientos alrededor de sus casas y negocios. Algunos de los calentadores utilizan energía geotérmica o energía que viene de adentro de la Tierra. Los calentadores no pueden verse porque son instalados bajo el concreto o pavimento.

El hielo es otra peligrosa fuerza de la naturaleza que puede dañar propiedades y causar muertes y lesiones.

El viento y la nieve también pueden combinarse en una poderosa tormenta llamada ventisca. Una ventisca es una tormenta que combina fuertes nevadas con vientos de más de 35 millas (56 kilómetros) por hora. Estos fuertes vientos soplan la nieve de tal forma que es imposible ver.

Los vientos son una parte fundamental de la tormenta más poderosa de la naturaleza, el tornado. Los tornados son pequeñas zonas de vientos girando. Los tornados se producen cuando dos masas de aire chocan y se arremolinan, creando fuertes vientos que pueden destruir todo a su paso. Los tornados son generalmente pequeñas tormentas que duran solo unos pocos minutos. Los tornados se pueden formar en cualquier parte, pero en la parte central de los Estados Unidos hay más tornados que en cualquier otra parte del mundo.

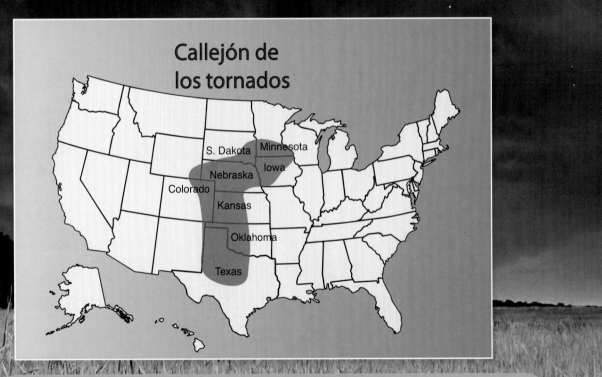

Callejón de los tornados

S. Dakota
Minnesota
Iowa
Nebraska
Colorado
Kansas
Oklahoma
Texas

En los estados del Callejón de los tornados se han registrado más tornados de categoría F5 que en cualquier otro lugar. Sus residentes necesitan estar siempre preparados.

¿Sabías que...?

La ruta de un tornado puede ser tan estrecha que puede destruir una casa y dejar la casa de al lado sana y salva.

Construyendo con inteligencia

Las personas que viven en zonas propensas a tornados pueden tener sótanos o bodegas para refugiarse durante una tormenta. En los hogares sin un sótano, puede utilizarse una habitación sin ventanas como refugio durante una tormenta.

CAPÍTULO CUATRO

La Tierra en movimiento

El viento y el agua son solo dos ejemplos de fuerzas poderosas de la naturaleza. La Tierra misma también puede ser una fuerza poderosa. Cuando la Tierra se mueve, puede cambiar la geografía entera del planeta. Los terremotos ocurren a lo largo de los bordes de las placas tectónicas de la Tierra. El área donde se encuentran dos placas se llama falla. Grandes trozos de roca empujan y se frotan unos contra otros a lo largo de una falla. Con el tiempo, una de las rocas se podría romper. Cuando esto sucede, causa un tipo de energía llamada **ondas sísmicas**. Las ondas sísmicas viajan a través del suelo, causando temblores.

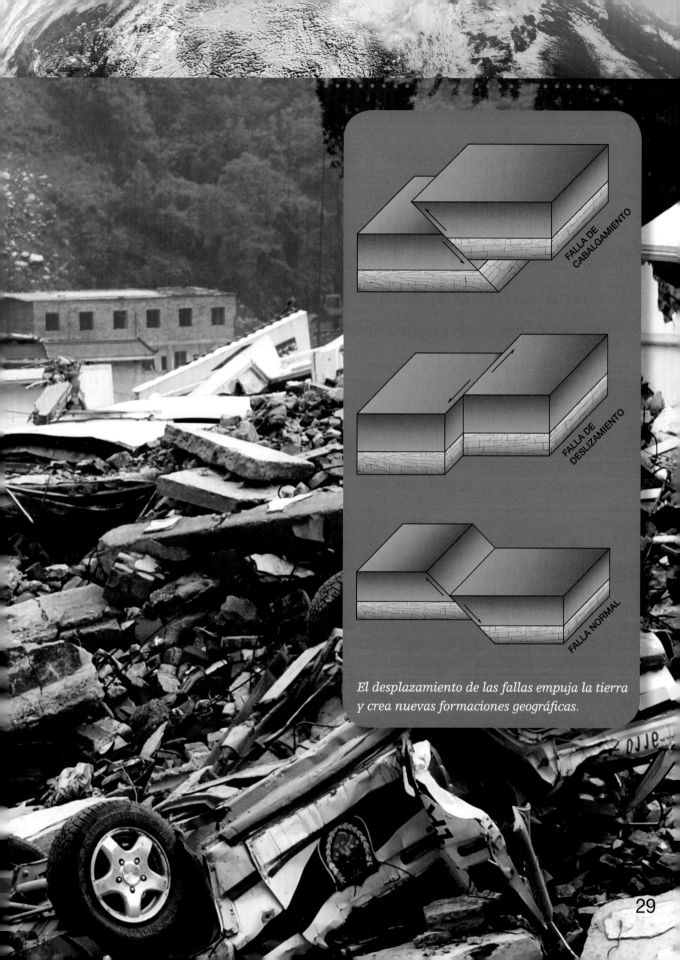

FALLA DE CABALGAMIENTO

FALLA DE DESLIZAMIENTO

FALLA NORMAL

El desplazamiento de las fallas empuja la tierra y crea nuevas formaciones geográficas.

Los terremotos ocurren todo el tiempo, pero la mayoría son tan pequeños que la gente apenas los notan. Sin embargo, pueden pasar cosas malas en un gran terremoto. El movimiento del suelo puede causar el colapso de edificios y carreteras.

Charles Richter

¿Sabías que...?

Los terremotos son medidos en una escala inventada por Charles Richter. El terremoto más fuerte jamás registrado ocurrió en Chile en 1960. Midió 9.5 en la escala de Richter.

¿Sabías que...?

Un fuerte terremoto sacudió Alaska en 1964, causando numerosos derrumbes. La forma de la costa en las ciudades de Seward y Valdez cambió permanentemente.

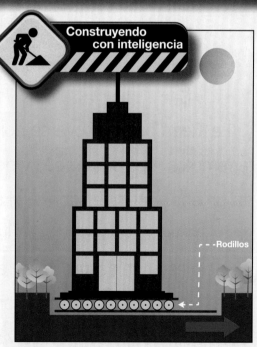

Muchos edificios altos en áreas propensas a terremotos están construidos sobre rodillos. Cuando ocurre el terremoto, los rodillos se mueven y el edificio permanece en su lugar.

La Tierra puede moverse por otras razones además de los terremotos. Los derrumbes y deslizamientos de tierra son eventos peligrosos y mortales donde el suelo cede y resbala. Estos desastres ocurren a menudo durante o después de una lluvia fuerte. El suelo está tan **saturado** de agua que no puede sostenerse. El agua corre por una colina, creando una muralla de tierra, lodo y rocas que rueda colina abajo y arrasa todo lo que encuentra a su paso.

Los científicos han descubierto que las casas de varios niveles construidas con muros de contención en ellas y en sus alrededores resisten mejor las fuerzas de los deslizamientos que las casas tradicionales. Estas casas, construidas en los lados de las montañas y colinas parecen escalones gigantes.

Al construir en zonas propensas a deslizamientos, los constructores solo sacan la tierra que necesitan para construir la casa y mantienen el resto de las plantas en su lugar.

CAPÍTULO CINCO

¡FUEGO!

El fuego es una de las fuerzas más poderosas de la naturaleza. Uno de los tipos más peligrosos de fuego es un incendio forestal. Un incendio forestal comienza generalmente en el bosque o en áreas boscosas. Estos incendios pueden llegar a ser muy grandes e imposibles de controlar. Ellos pueden durar días o incluso semanas, destruyendo todo a su paso.

Mientras que algunos incendios son causados por rayos, la mayoría de los incendios son causados por personas. Una persona puede comenzar un fuego dejando caer o frotando un cigarrillo encendido sobre hojas secas o en el suelo. Otra causa común es una hoguera que no se apaga completamente cuando los campistas se van.

¿Sabías que...?

No todos los incendios forestales son malos. Algunos pinos necesitan el calor de un fuego para abrir sus conos y esparcir las semillas que se convertirán en los árboles nuevos. Los incendios forestales también pueden eliminar un área de hojas secas, maleza y árboles.

A veces los guardabosques inician quemas controladas. Las quemas controladas son una manera en que los guardaparques eliminan malezas antes de que causen un incendio incontrolado, más grande. Es una manera de controlar el bosque y mantener a la gente a salvo.

El incendio más grande de California comenzó en el Bosque Nacional de Cleveland, en el año 2003. Tres días después, el fuego se extendió a las localidades de Cuyamaca y Julien, a unas 40 millas (64.4 kilómetros) al este de San Diego. Más de 2,200 casas fueron destruidas y 14 personas murieron en el incendio.

¿Sabías que...?

Los incendios también pueden destruir ciudades. En 1666, el gran incendio de Londres comenzó en una pequeña dulcería. El fuego se propagó rápidamente a través de la ciudad llena de casas de madera y destruyó el 80 por ciento de la ciudad.

35

Los vientos calientes y secos pueden empeorar los incendios forestales. Los vientos llamados de Santa Ana a menudo soplan en el sur de California. Estos vientos se mueven desde el este, empujando el aire caliente y seco de los desiertos occidentales de la costa de California. Los vientos de Santa Ana pueden convertir un pequeño fuego en un incendio forestal gigantesco. La combinación de las fuerzas de la naturaleza a menudo conduce a más desastres.

Vientos de Santa Ana

Los satélites nos ayudan a localizar los patrones de vientos peligrosos.

37

Construyendo con inteligencia

Algunos edificios tienen incorporados sistemas de extinción de incendios. Cuando se detecta un incendio en el edificio, el sistema de riego se conecta automáticamente, y riega con agua el fuego.

CAPÍTULO SEIS

Preparándonos para los desastres

Los **meteorólogos** son científicos que estudian el clima. Los meteorólogos utilizan modelos computarizados, **radares** y otras tecnologías para estudiar los patrones climáticos y hacer predicciones sobre las futuras tormentas. Estas herramientas ayudan a los meteorólogos a averiguar dónde y cuándo podría ocurrir una tormenta y cuán grave sería. Esta información puede utilizarse para advertir a la gente que **evacuen** o que tomen medidas para proteger sus viviendas y propiedades.

Las tecnologías, tales como el radar móvil doppler, reúnen datos sobre los sistemas de tormentas y advierten a la gente sobre estas.

Los **ingenieros** trabajan para prevenir y controlar las inundaciones. Los ingenieros diseñan presas y diques en un esfuerzo por controlar e incluso cambiar el flujo del agua. Estos esfuerzos pueden ayudar a controlar ríos furiosos o las olas del océano.

Los científicos llamados **sismólogos** estudian los terremotos. Ellos les dan seguimiento y miden los temblores y otros movimientos de la Tierra, y utilizan esos datos para predecir cuándo podría ocurrir un terremoto mayor.

La tecnología puede proteger a la gente de las fuerzas de la naturaleza de otras maneras. Los países del Pacífico y el océano Índico tienen sistemas de alerta de tsunami. Estos sistemas utilizan máquinas para monitorear las olas y otros movimientos en el océano. Si se prevé un tsunami, los gobiernos emiten advertencias para que la gente tenga tiempo de evacuar.

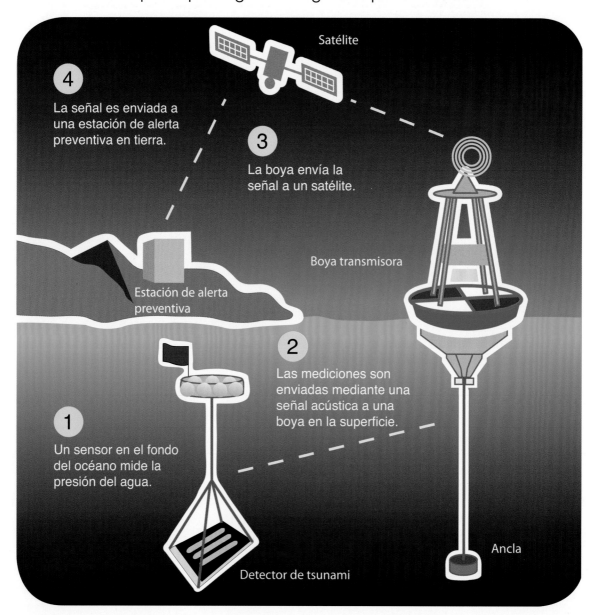

Satélite

4 La señal es enviada a una estación de alerta preventiva en tierra.

3 La boya envía la señal a un satélite.

Boya transmisora

Estación de alerta preventiva

2 Las mediciones son enviadas mediante una señal acústica a una boya en la superficie.

1 Un sensor en el fondo del océano mide la presión del agua.

Ancla

Detector de tsunami

¿Sabías que...?

La mejor manera de escapar de un tsunami es a pie. Las personas que intentan escapar en coche quedan a menudo atrapadas en atascos de tráfico y pueden ser arrastradas por una ola.

A pesar de los esfuerzos de los meteorólogos, científicos e ingenieros, los desastres suceden. Durante y después de un desastre, las agencias de emergencia, tales como la Cruz Roja, trabajan para encontrar refugio, atención médica y suministros para las personas que han perdido sus hogares y pertenencias.

¿Sabías que...?

Todos los hogares deben tener un botiquín de emergencia. Este debe incluir un kit de linternas, un radio de pilas, agua embotellada, alimentos enlatados, suministros de primeros auxilios, cerillas en un recipiente resistente al agua y mantas.

CAPÍTULO SIETE

Construyendo con inteligencia

Los edificios y otras estructuras pueden proporcionar refugio seguro durante un desastre. Por eso es tan importante que se construyan para soportar las fuerzas de la naturaleza. Los ingenieros y constructores han aprendido cómo construir casas, negocios y puentes que pueden soportar las fuerzas de la naturaleza.

¿Sabías que...?

En enero de 2010, un poderoso terremoto sacudió a Haití y mató a más de 300,000 personas. En febrero del mismo año, un terremoto aún más poderoso sacudió a Chile, pero solo murieron unas 560 personas. Entre las razones de que menos personas murieran en Chile está el que las casas no se desplomaron durante el terremoto.

Los terremotos son una de las fuerzas más destructivas de la naturaleza. Durante un terremoto severo, miles de personas pueden morir. Muchas de esas muertes ocurren cuando los edificios colapsan con la gente adentro.

El reforzamiento en X con el acero es una técnica que usan los ingenieros para ayudar a una estructura a permanecer intacta y vertical durante un terremoto.

Es importante que el edificio sea capaz de enfrentarse a un terremoto. La mayoría de los edificios antiterremotos tienen **sistemas de sujetadores**. Estos sistemas utilizan barras de acero y correas para anclar el edificio al suelo. El acero se dobla en vez de romperse, por lo que las barras de acero mantienen al edificio en una sola pieza durante un terremoto. Un edificio a prueba de terremoto podría balancearse o sacudirse durante un terremoto, ¡pero que no se cae!

El John Hancock Center, en Chicago, tiene reforzamiento en X en su exterior.

Los ingenieros civiles diseñan puentes que se doblarán o se balancearán durante un terremoto, pero los refuerzos no dejarán que el puente colapse.

Los puentes también se tienen que diseñar para resistir temblores. Los ingenieros pueden añadir muchos aditamentos para asegurar un puente contra los terremotos. Los postes absorben las vibraciones a lo largo del puente y protegen la cubierta de romperse. Las barras de acero son usadas para apoyar el puente y ayudarlo a doblarse en vez de romperse.

La lluvia y el viento también pueden causar mucho daño a un edificio. La fuerza del viento puede empujar el tejado y arrancárselo al edificio.

Para evitar esto, muchos edificios en zonas de huracanes se construyen con tirantes que sostienen el techo a las paredes del edificio. Las correas de huracán o presillas también pueden utilizarse para fijar el techo a las paredes.

El agua de lluvia también puede dañar un edificio. La mejor manera de mantener el agua de lluvia fuera de una casa es dirigirla lejos de la estructura. Las canales llevan el agua desde el techo y la alejan de la casa. La gente también puede construir su casa en un terreno más alto. Este proceso obliga a que el agua fluya lejos del edificio.

Podemos tratar de vivir con más seguridad en la Tierra construyendo estructuras fuertes y encontrando maneras de lidiar con los desastres naturales.

Glosario

atmósfera: la capa de gases que circunda la Tierra

corteza: capa exterior sólida de la Tierra

evacuar: dejar un área debido a una emergencia

huracanes: tormentas tropicales en el océano Atlántico, mar Caribe y el Golfo de México, que producen fuertes vientos y lluvias

ingenieros: personas capacitadas para diseñar y construir máquinas o estructuras

maleza: arbustos o hierbas que crecen bajo los árboles más altos

manto: la capa de roca entre la corteza terrestre y el núcleo

marejada: acometida del agua sobre la tierra causada por baja presión de aire sobre el océano

meteorólogos: científicos que estudian del clima

núcleo: interior de la parte central de la Tierra

ondas sísmicas: vibraciones que viajan a través de la Tierra

placas tectónicas: piezas rígidas que componen la superficie de la Tierra

presión de aire: el peso del aire presionando hacia abajo en la superficie de la Tierra

precipitación: humedad que cae de las nubes, como lluvia, nieve o granizo

radar: dispositivo que refleja las ondas de radio en los objetos para crear una imagen

satélite: nave espacial que orbita la Tierra y envía fotos u otra información

saturado: lleno de agua

sismólogos: científicos que estudian los terremotos

sistemas de sujetadores: método de construcción que utiliza las correas de acero y barras para anclar un edificio al suelo

tsunami: serie de poderosas olas del mar, provocada por un terremoto o una erupción volcánica

Índice

Sitios de la intenet

www.eduweb.com/portfolio/bridgetoclassroom/engineeringfor.html

www.popularmechanics.com/science/environment/natural-disasters/4324941

www.yourdiscovery.com/earth/

www.fema.gov/kids/index.htm

www.chicagohs.org/history/fire.html

www.stonebreakerbuilders.com/news/
how-the-forces-of-nature-affect-your-home/

www.usatoday.com/weather/wsanta.html

http://bereadyescambia.com/pdf/windbrochure.pdf

Sobre la autora

Joanne Mattern ha escrito cientos de libros de no ficción para niños. La naturaleza, la ciencia y los desastres naturales son algunos de sus temas favoritos, por lo que *Construcciones duraderas* fue un llibro que ella disfrutó mucho escribir. Joanne creció a orillas del río Hudson, en el estado de Nueva York y todavía vive en el área con su marido, sus cuatro hijos y muchos animales domésticos.